KB062086

우리 사이에는 우리가 모르는 계절이 살고 있다

시작시인선 0387 우리 사이에는 우리가 모르는 계절이 살고 있다

1판 1쇄 펴낸날 2021년 8월 23일
지은이 박가경
펴낸이 이재무
책임편집 박은정
편집디자인 민성돈, 장덕진
펴낸곳 (주)천년의시작
등록번호 제301-2012-033호
등록일자 2006년 1월 10일
주소 (03132) 서울시 종로구 삼일대로32길 36 운현신화타워 502호
전화 02-723-8668
팩스 02-723-8630
홈페이지 www.poempoem.com
이메일 poemsijak@hanmail.net

ⓒ박가경, 2021, printed in Seoul, Korea

ISBN 978-89-6021-573-3 04810
      978-89-6021-069-1 04810(세트)

값 10,000원

우리 사이에는 우리가 모르는 계절이 살고 있다

박가경

천년의시작

시인의 말

말이 하고 싶어서
숲으로 갔다
들끓는 말들이 내 안에서 저물었다

2021년 8월
박가경

차 례

시인의 말

제3부

제1부

새를 반복하다

자꾸만 목구멍을 타고 올라오는 새가 있습니다
삼킬 수 없는 거짓말처럼
어떤 비명처럼

이유가 있습니까

우리는 한 번도 만난 적이 없습니다

오답은 반복됩니다

오늘의 이야기는 그런 것입니다

어디에도 도착하지 말아야 한다고
그렇게 말하는 사람에게서
오래된 슬픔의 냄새가 난다면
나는 그에게 새가 되고 싶은지도 모르겠습니다

새가 날아간 자리에 밤이 고이고 있습니다
나를 떠난 모든 것들이 아름다운 그런 밤입니다
지금은 먹구름이 번식하는 계절

내내 사랑해야 할 것은 그런 검정입니다

구름이 자꾸 베개 위에 얼룩으로 번지기 시작하면
배에도 귀에도 얼굴에도 차올랐던 생각들이 흩어지듯 번
져 갑니다

오늘이 불행해서
내일이 온다는 것을 나는 알고 있습니다

풍설의 뒤꼍

　도착했어요 지금 폭신한 나의 귓불을 타고 올라왔어요 아무도 모르라고 앞이 아닌 뒤로 찾아왔어요 선인장을 파먹고 자랐다지요 그래서인지 내 혓바닥을 짓누르는 가시는 너무 달아요 그 속에서 혈액이 돌고 새살이 돋아나고 뼈까지 자라고 있어요 자꾸만 튼튼해지는 소묘가 색채를 키워 가며 내일로 걸어가고 있어요 삐죽삐죽 자란 꿈이 덩치 큰 괴물이 되어 이곳저곳을 돌아다녀요 가끔 암막 커튼 뒤에서 울음소리가 들렸지만 그 소리들이 벽지의 갈라진 틈 속으로 들어가지는 않았어요 홑겹의 거울 속에서 우리의 눈빛이 서로 마주했을 때 나는 악몽을 잘라 내고 싶다고 말하지 못했죠 악몽과 길몽이 서로 부딪히고 자꾸만 옆구리가 간지러워요 문을 밀어내려나 봐요 문고리를 잡고 매달려 있는 것은 반쯤 썩어 버린 나의 혓바닥이죠 너덜너덜해진 혓바닥은 미래가 없어요 검은빛으로 국경 없이 공중을 떠돌아요 구름과 바람 사이에서 천둥 한 번 내리치고는 힘없이 내 발목을 타고 시들어 가네요 신선했던 선인장은 가시를 남기고 가시는 달콤함을 남기고 달콤함은 한 끼의 식탁을 남기고 식탁은 썩은 혓바닥을 남겼지요 나는 남은 혓바닥을 자르지 않았어요 다시 상냥하게 키우기 시작했죠.

　쑥쑥 자라라고.

밤의 질문들

가느다란 줄에 매달려 말라 가는
가자미의 눈과 마주쳤다
필연일 수 없는 멀어짐의 눈빛들이
모서리를 닮아 가고 있다

어떤 방향도 되지 못하는 모서리들처럼
갯벌은 자꾸만 서쪽으로 멀어졌다

우리는 모르는 척 갯벌을 바라보았다

입술에 고이는 피처럼
저녁이 오고 있었고
두 손을 꼭 잡은 채 멀어지는 일에 대하여
생각할 때마다
손목이 지워지고 있었다

우리 다시 시작하지 말자
녹지 않는 얼음의 기후를 슬픔이라고 말할 수 없으니
멀어지는 것의 따뜻함을 어떤 기후라 불러야 하는지

\>

너는 주머니 속 질문을 만지작거리고 있었다
질문 속에는 파란 피가 묻어 있을 것만 같아서
나는 가방 지퍼를 닫는다

가자미의 납작 엎드렸던 몸이 바람에 반듯해지고 있다

너의 발목에서 햇빛이 부서지고
맞지 않는 신발은 끝없이 나의 발목을 잡아당기고
어떤 상냥한 인사처럼
밤이 온다면

폐차장 근처

멈춰 서고 나서야 비로소
등을 맞댄 것들
서로에게 깊숙이 가슴을 찔러 넣은 간격
내가 살아 보지 못한 울음 같았다

버려진 것들이 받아 내는 삶의 이유들처럼
버스 맨 뒷자리 천장 귀퉁이에 덩그런 새집 하나

새들의 울음은 명랑하고 좌석은 넘쳐 난다

깨진 버스 창문이 새의 길이 되었을 때
새의 행선지는 어디일까?
식구란 입들을 저렇게 동시에 벌리는 것인데
둥그런 입속으로 벌레며 꽃향기며 햇살 한 모금이 들어
가는 것인데

기름때가 어떤 삶의 무늬처럼 자라는 곳
내가 살아 내지 못한 야생의 울음을 삼키려는 듯
고요가 가득하다

>
바퀴가 뽑혀도 맥박이 없어도 가고 싶은데
버스가 향한 곳을 보니 잡풀만 싱싱한 폐답이다

고양이 한 마리 어둠을 할퀴며 불쑥 뛰어든다
태우지 말아야 할 손님이란 하나도 없는데,

풀벌레 소리만 만원이 되어 폐차장 안을 휘감고 있다

어떤 참선

진건면 신월리 314번지, 빈집 하나 참선 중이다

대문 밖 서성이던 햇빛

지나온 발자국들 덧대고 있는 오후

고집 센 코뚜레가 걸린 외양간

간신히 척추를 추스르고 있는 담벼락

버티는 일은 살아가겠다는 것인가, 그만 살겠다는 것인가

말없이 말라 가는 우물을 무소유라 부르는 건 억지일까

식은 상태에서도 고요가 그을리고 있는 부뚜막

찬장 안 양은 도시락엔 선문답처럼 쥐똥이 놓여 있다

끝내 없는 것을 호명하는 태도마저 지워야 하는데

\>

아궁이의 큰 눈이 설움으로 이글거리고 있다

바람 한 점 없는데 집을 지키던 기왓장 하나 툭! 떨어진다

포기하지 말라고 마당의 정수리를 내려친다

무를 썰다

손가락을 베이고 말았다
무를 위한 제의祭儀가 시작되는가
붉게 번지는 피는 경건하다

무 안을 떠돌던 바람이 빠져나가지 못하고 갇히고 말았다
불가능한 일이다
바람의 옆구리를 잘라 낸다는 것은

접시는 끝내 진행형으로 남고
늘 베이는 건 검지의 끝
간격을 잘못 읽어 리듬이 흔들리고 말았다

잊었다고 생각한 것들이
붉게 살아 있다

칼날만큼 어긋나면 나는 행복했을까

나의 피는 무엇을 위한 의식일까
내일이 되어도 끝나지 않을 한낮의 제의는 계속되고 있다

>
다시 무를 썬다
간격의 간격을 자르고
내가 묻어야 할 것들이 무엇인지 생각한다

내일은 어떤 간격으로 돌아오는지
열리지 않는 괄호 속으로
자꾸만 스며드는 통증으로

나는 나를 펼쳐 두고
알맞은 간격으로 지워지는 중이다

손맛

손은 깨끗이 씻었을까
혼자 생각하고 있는데

비닐장갑을 끼지 않고 나물을 무치던 할머니가
텔레비전 속에서 걸어 나온다

고이는 침이 할머니 손에 떨어지고
머릿속에서 청결에 대한 의심이 생겨날 때
툇마루에 앉아 있는 기분이 들었어

널빤지와 널빤지 사이의 어둠을 본 적 있어?
보이지 않았던 것인지
관심이 없던 것인지

처음 보는 그 작은 세계를
어둠에서 꺼내어 펼쳐 보는데 자꾸만 초점이 미끄러진다
내 것이 아닌 것에서는 눈을 돌리는 습관이 또 나왔다

텔레비전 속 아이가 잡고 있던 풍선을 놓친다
풍선은 천장에 막히자 뒤를 돌아본다

>

갑자기 허기가 느껴졌어
이럴 때면 두껍고 주름 많은 손이 생각나

입을 아 벌리고 있으면
주름 사이사이에 양념이 끼어 있는 손으로
입속에 나물을 넣어 주던 투박한 손

생활을 밟고 넘고 건너 나온 맛

주름 속을 들여다본 적 없는 나는
골의 깊이를 가늠하지 못하지만

생활만큼 감칠맛 나는 조미료가 또 있을까

탁본

폭염 아래 채송화는 싱싱해요 저 혼자 피어 현장을 증언해요

무너진 벽돌담 그 아래 찾아가지 않은 고지서, 기한 지난 독촉장을 바람이 대신 읽고 또 읽어요

운동화 한 짝이 깨진 유리를 밟고 서서 녹슨 대문이 기울어 가는 걸 보고 있어요

폐허의 둘레를 담쟁이가 걸어가요

이게 다라고 말하지 말아요

모양을 버리고서야 이름을 알았거든요

처마 밑을 쭈뼛거리던 그늘이 책장을 넘기듯 가계를 읽는 동안

마중인지 배웅인지 알 수 없는 기울어짐으로

\>

해는 자꾸 멀어지고 꽃의 입술이 닫히기 시작하는데

아직 돌아올 누군가가 있다고 오래된 감나무가 말을 해요

붉음이 다 사라지기 전 채송화는 이곳이 이곳으로 텅 비
어 있음을 알 수 있을까요

빈집의 탁본을 뜨고 있는 것이 하늘뿐이라는 것을

천변 우울

나의 귓속에는
날아가지 못하는 새들이 산다
자꾸만 창문을 두드리는 밤이 지나면
나는 맞지 않는 신을 신고
무엇이든 따라 나선 휘파람처럼
미안한 듯 걷는다

맑아서 너무 맑아서 먹구름이 자라난다고

날짜와 요일은 스미지 않는다고

천변의 새들이 내 옆구리를 빠르게 지나간다
전부 날개가 없다

내가 알던 이름들이
알 수 없는 목소리로 소진되고 있다

나는 갑자기 방향을 잃고 달려간다

착란이 더욱 선명해진다

반쯤 죽었다는 말은 비겁해
왼발과 자꾸만 어긋나는 오른발로
어디까지 갈 수 있을까
어긋남의 극단에도
이해되지 않는 것들이 있다는 것을

아무도 나를 부르지 않는
행성의 천변보다 먼 곳으로
나는 돌아가는 중입니다

어머니의 눈동자 속엔 물음표가 산다

당신 귀에서 태어난 물음표가 내 눈앞을 맴돈다
산통도 없이 소리도 없이 당신에게서 출생한

친절을 선물로 달고 왔다
그래서 슬펐다

지워지는 속도만큼 물음표가 자라난다

지워지는 것들이 단단한 문과 문을 만든다
문과 문 속에는 당신과 나의 과거들을 집어넣고
잠근다 잠근다 잠근다 잠근다 잠근다 잠근다

우리는 오늘 처음 만난 사람
"아줌마 누구세요?"

당신이 잠근 문 속에서 흘러나오는 말들은
오늘 내가 다시 해석해야 할 문장들

그러니까 내 몸속에 새겨진 당신의
그림자는 더욱 선명하게 남는다

\>

무뎌지고 더뎌지고 무너지고 물러진 당신을
묶어 둘 머리핀이 바닥으로 툭 떨어진다

나를 향하는 당신의 눈동자에는
온통 물음표가 가득하다

눈 속에 갇혀 있는 말들이 가렵다
구멍 난 당신의 양말 한 짝이
내 말까지 밀어 넣고 있다

체감온도

구름 낀 미지근한 날씨다
빨간 스웨터를 옷장에서 꺼냈다

앞에 있는 뿌연 거울
모서리가 뻗어 나가고 있다

열어 놓은 창문을 넘어 들어오는
강렬한 빛이 거울 모서리를
흔들고
늘리고
나를 밀어낸다

거울을 통과하던 우울이 머뭇거린다
숨어드는 빛의 꼬리

거울이 구겨진다 구겨진 것들이 내 안을 파고든다
구겨진 거울 끝을 만져 본다 구겨진 날개들이
줄줄이 흘러나온다

괜찮아, 문이 열리는 소리

길게 늘어지는 발자국들

나는 또렷하게 바라본다
거울 뒤쪽의 거리
결코 만질 수 없는 꺼진 촛불 같은

춥다.

다만

서두르지는 마
그렇게 말하던 너에게 가는 길

버스 정류장 벤치는 따뜻해 보였다
어떤 기다림들이 흘린 마음일까 생각하는데
오늘은 내 발목이 한없이 가늘다
어떤 불행을 꿈꾼 듯하다가도
그런 꿈을 꾼 적은 있었나 묻는다

몇 대의 버스가 지나갔고
몇 사람이 다가와 버스를 타고 떠나갔다
여기는 다 어디론가 떠나려는 사람들의 세계였나
난 섬처럼 우울해져야 할까
그럴 일이 뭐 있다고
혼자 말하는 방식이 나는 좋다

내가 늘 입던 파스텔 톤의 티셔츠는
봄에 더 잘 어울렸는데
너는 항상 가을에 그 옷을 입는 이유를
묻곤 했다

그렇게 우리 사이에는
우리가 모르는 계절이 살고 있다

아픈 거야
아픈 게 맞구나

끝없이 도착하는 버스처럼

기다리는 버스는 오지 않을 것이다

살짝 움츠러들면서 낯선 집에서의 첫날 밤을
맞았다

엄마, 꼭 소녀 같아

화분에 흙을 한 줌 넣고 페페를 넣고
물을 주고 흙을 꾹꾹 눌러 주고
창가로 옮겨 놓고 멍하니 바라보는 눈은 바빴는데

바라보는 등 뒤로 달라붙었다 소녀라는 말

어린 강아지를 안고 있는 어린 딸아이는
이제 막 돋아난 잎 가까이에 다가서며 말한다

날마다 하는 대화
날마다 이동하는 빛의 꼬리를 자르고

페페가 왔다

성격이 좋은 애라 잘 살 거예요

전에 키우던 주인이 건네면서 한 말이다 그렇다면 페페는
전 주인을 닮았던 것인데 성격이 좋지 않은 나는

그런 나를 닮을까 봐 걱정이 생겼다

자꾸만 잠이 쏟아져
이럴 땐 아직 오지 않은 여름이 그립다

페페는 아직 우리 집에서 첫날 밤을 보내지 않았는데

나는 화분 테두리 건너의 창밖을 바라보다
화분 안의 어둠을 생각한다

너도 이제부터 나와 같은 공기를 마시고
나와 같은 음악을 듣겠지

그렇게 우린 멀리 있는 여름에게로 한 발 내딛었다

제2부

유카타*

당신이 나에게로 와 내 몸을 감쌌을 때
그날의 울음이 내 몸속으로 조금씩 흘러 들어왔어
맨 처음 오른쪽 옆구리를 타고 들어와 떨고 있었지
길 잃은 소녀의 표정으로 자기를 기억해 달라고 소리쳤어
뒷목을 타고 들어와 내 모든 악연들과 악수를 하더군
난 마이너스된 통장처럼 오그라들었지
얼마나 많은 당신들을 경험했을지 궁금했어
나를 만나기 위해 걸어온 네 발자국을 알고 있다는 듯
앉은뱅이 테이블에 부어지는 녹차는 한 잔뿐이지
다소곳이 당신은 접혔고 나는 나쁜 사랑 따위를 생각하다
사람들의 사생활처럼 내리는 눈송이를 보았지
귓전을 맴도는 계절이 기척들을 쏟아 내고 있었어
당신이 나를 감싼 줄 알았는데 나는 당신의 시간으로부터
포위당했던 거야
백색 위를 하염없이 걸어가는 새가 나타났지
내 눈에만 보이는, 내가 모르는 숨소리를 안은 채
또 다른 배경을 만들고 있었지
나는 끝내 창문을 내려놓을 수 없었어
새가 녹지 않는 날개를 가질 때까지

* 유카타: 일본 유카타는 주로 목욕을 한 뒤에 입는 옷이다.

언니에게

그 많던 언니들은 어디로 갔나
정지는 세 번
출발은 두 번
조련사처럼 툭툭 옆구리를 치며
오라이 오라이, 외치던
힘이 센 언니들은 어느 막차를 탔을까

나의 소녀가 언니를 찾아 나선다
정류장에도 이정표에도 없는 언니가 거울 속에서 나타난다
동생들을 토큰처럼 줄줄 달고
비포장 언덕길도 마다 않고 백 원 때문에 매달리던 언니가
아직 끝내지 못한 안내가 있다는 듯 흑백으로 서 있다
가면 위에 가면을 덮어쓰거나
눈동자 속 비밀을 들키거나
새벽 두 시의 잠꼬대를 반복하면서
그녀가 웃는다
네 번째 자리에서 울고 있던 아이에게 손을 내밀며
그만 집으로 돌아가라 했던,

언니를 벗고 또 벗는데도 언니는 떠나지 않는다

태초에 언니가 있었다는 듯
모든 생활이 언니라는 듯
피곤으로 가득 찬 버스에 매달려 있는 나를 놓지 않고 있다
난 이미 자웅동체의 몸이 되어
낮과 밤을 한꺼번에 서성이고 있는데
머뭇거림이 상처라는 듯 오라이 오라이만······

바닥은 언제나 완벽했어요

벽돌 조각을 구두 굽으로 밟고 휘청였다

이럴 땐 구두 굽이 굵지 않아서 다행이야
예쁜 게 좋을까
편한 게 좋을까 사이에서

오늘 아침 내 시선은 빨간 하이힐에 멈췄다
사는 일은 그렇게 계획 없이 벌어진다

잠깐의 시선이 방향을 잃었을 때

붉은 얼굴을 내어 줄까요
빨간 구두를 벗어 버릴까요

부서진 보도블록 사이의 시간들
우리의 만남을 어떻게 표현해야 할까요

옆에서 달려오는 눈빛들
바닥의 그림자들에게 겹질린 발목은 인사를 한다

\>

리듬리듬리듬

박자는 클래식을 원합니까?

물 마시다 체한 표정으로 뒷걸음치는데

낯선 시선들이 내 뒤통수를 훅 잡아당긴다

바닥은 언제나 완벽했어요

어제도 내일도

시선

내 마지막을 중환자실 창문이 요약하고 있어요
입을 꾹 다물고 유리 속에 퍼지고 있는 유언을
지켜보고 있지요
맥박이 빨라진 어둠을 가지 끝에 매달고
할 말이 있다는 듯 나무가 건들건들 걸어와요
풀벌레의 떼울음 소리가 병실을 가득 채우면
하루의 반은 닫힌 창문을 생각하고
또 하루의 반은 깨진 창문을 설계해요
창문이 눈동자를 아주 멀리 옮기는 동안
내 안에 살고 있던 이름들이 입김 밖으로 빠져나와요
이름은 바닥에 닿기도 전에 흩어져 버리고,

때론 밖을 보기 위해 창문을 지워야 할 때도 있어요
눈을 감을 때 이름은 더더욱 선명해지고
얼굴은 더더욱 아득해지고
쏟아지는 달빛을 몸 안에 가루약처럼 털어 넣어요
낯선 사람의 얼굴에서 다정한 거리가 발견되면
신들이 노래라도 불러 줄까요

창틀에 간신히 매달렸다 가는 것은 방향을 바꾸던 바람

뿐이네요
　지겨운 소독약 냄새 속에서도 꿀잠이 밀려오고
　기척도 없이 고독이 살아서 내 몸을 빠져나가네요
　어느새 북쪽이 눈을 뜨네요

스쿼시

당신을 반복하듯 공을 반복한다
차오르는 숨이 턱 밑에 다다랐을 즈음

벽으로 빠르게 보낸 나의 질문에 독을 품은
당신의 대답이 더 빠른 속도로 내게 날아온다

대답은 정교하다 내가 가격한 지점으로부터
한 번 더 뒤틀린 채 다가와 추궁한다

당신의 시선은 내가 아닌
오직 목표물로만 돌진하고 있다

땀방울이 서로의 구역 없이 함께 뒹굴고
미끄러지고, 같이 날아다니는데

우리는 더 이상 얼굴을 마주 보지 않고
벽을 통해서만 이별을 즐긴다

저 흰 벽이 삼켜 버린, 아니 지워 버린 것은
나와 당신 사이의 속도뿐일까

당신이 사라지고도

오래 남는 이별

그것만이 유일한 대답처럼

아무도 없는 빈 벽을 치고 있다

구토

빗장이 풀리고 말았지

누군가는 궁금하여 문을 두드리고
누군가는 맞지 않는 열쇠로 한참을 기웃거렸지만
나는 심장을 데워 걸고 또 걸고

그러나 확고했던 신념은 먼지보다 가볍게 흘러나와
요동치며 바닥에 닿고 말았지

언제나 나쁜 예감은 꼭 나쁘게 빗나가고
시집 속 당신을 덧댄 구절들을 읽고 또 읽었지만
당신의 숨소리는 끝내 납득할 수 없었지

한계는 조금씩 나에게 증후로 다가왔어
내 목구멍에서는 결핍을 핥고 지나온 장면들이
울컥울컥 쏟아져 나왔어
상황들은 멈추지 않았고

이제 더 이상 나를 간수할 필요가 없지만
나는 빗장에 기대어 당신을 반복하고 또 반복했지

울림이 완전히 빠져나갈 때까지
처음과 마지막을 방류하면서

슬픔이 전부 부러진 새가 결국,
다시 한 번 빈곤한 상태로 돌아가겠다는 듯이
털을 다 뽑고야 말았지

눈을 감고 눈꺼풀에 힘을 주고

화장을 한다

어디론가 숨고 싶을 때
나는 너희가 되려는 것은 아니야

입술을 붉게 바르고
눈꺼풀 안쪽 가장자리를 따라 검은 연필로
그늘을 집어넣지

나는 그렇게 가장 먼 그늘로 자라고 싶어지고

다른 사람이 될 것만 같아서
다른 목소리가 나올 것만 같아서

가만히 돌아보는 얼굴
나는 나로부터 어디까지 희미해질 수 있을지

감정을 숨기기에 약해서
이 가면은 표정이 감추어지지 않고
누군가 들어오길 기다려

>
눈을 감아야 눈꺼풀을 고정시킬 수 있고
눈을 떠야만 나를 숨길 수 있다니

덧칠에 덧칠을 더하면 사물이 될까

눈을 동그랗게 뜨고 집중을 한다
가늘게 떨리는 손끝을 따라
내가 숨을 공간이 오고 있다

얼굴에서 어둠이 지워지고 있다
지워진 어둠이 자꾸만 선명해진다

시차에 물들다

당신의 시간은 이제 내게 보이지 않는다
내 시간도 당신에겐 없다

입을 쩍쩍 벌려 가며 내 손의 숟가락만을 바라보는
당신의 눈동자엔 초고속 시곗바늘이 달려 있는지
아니면 고장 나서 정지되었는지 자꾸만
나와의 시간을 밀어내고 있다

가끔씩 당신이 호명한 낯선 이름이 이제는 점점 낯설지 않고
당신의 공간으로 나는 발걸음을 옮겨 보지만
좀처럼 좁혀지지 않는 우리의 시차

입가에서 떨어지는 밥알과 함께 당신의 파란곡절도
힘없이 허물어지는데
당신은 왜 시간의 테두리를 단단히 묶고 또 묶었을까

나와의 시간을 왜 잘라 버렸을까

작은 병실 안에서 우리는 서로 모르는 타인
각자의 시간 속에서 나오는 말들은 서로에게 외계어가 된다

\>

나는 당신의 새끼손가락 마디에 나를 끼워 보지만

입가에 침을 흘리며 웃는 당신은 이미 뒤돌아서고 있다

의빙疑氷

나는 칼을 믿는데 칼은 나를 믿지 않나 봐

등을 내게로 향한 칼이 정직함을 강조하고 있어

누군가의 심장을 썰어 팔팔 끓는 물에 넣을 생각일지도 몰라

내 손가락에 갑자기 오한이 들었어

저 팔딱이던 몽상이 눈동자 속으로 나를 밀어 넣고 있잖아

칼날 속에 살고 있는 파란만장이 지금 이 순간을 조금씩 삼키고 있어

진정 칼이 판독하려는 무늬는 무엇일까

도마에 도착하지 못한 비명들은 내 어깨 위로 올라와

칼의 움직임보다 노련하게 나를 흥분하게 해

나는 리듬을 깨뜨리지 않기 위해 손목과 어깨를 같은 속

도로

　흔들어 보지만 그것이 발작을 잡지는 못하나 봐

　칼날 끝에서 흐르는 물컹한 감정은 나의 것일까 너의 것일까

　살과 살 사이에서 칼은 무슨 증거를 찾고 있는 걸까

　붉게 흐르던 우여곡절이 이제는 도마 위에서 시들어 가고
있어

잔설의 온도

당신은 왜 내게 잔설로만 남아 있을까
얼지도 녹지도 않은 채 그만큼의 온도로만

아스팔트 가장자리에서 안으로 들어오지도 못하고
보도블록 밖으로 밀려 나가지도 않은 채
감정을 적당한 온도로 숙성하고 있는 저 태도라니

잔설 위에서 시간을 끌고 다니던 속도들이
잔설 속으로 꾸역꾸역 날짜들을 집어넣고 있다
영하권으로 떨어지지 않는 과거의 날들을

녹으려는 순종과 녹지 않으려는 버팀 사이로
바람이 나를 끌고 들어간다

처음부터 그 공간은 내 것이었다는 듯이
익숙하고 포근하고
또 감미롭다

나는 나를 열지도 닫지도 정리하지도 못하고
적절한 온도를 지켜 주는 저장고가 되어

그곳에 둥지를 틀었다

사방은 물먹은 나무뿌리의 뒤척임이
요란하게 뻗어 나가고 있는데……

만손초

손이 많다는 것은 그만큼 견뎌야 할 것들이 많다는 것일까
기억이 자꾸만 벽으로 향한다

작아도 너무 작은 너

이파리 하나하나마다 수십 개의 또 다른 손을 만들어 내
야 하는 너를
바라만 보는데
내 다리는 벌써 뒷걸음질 중이다

한 번도 읽지 않은 두꺼운 책처럼
어떤 견딤은 어둠 속에서 공중을 만들어 내는가

아무렇게나 두어도 잘 자라요

아무렇게나
아무렇게나

아무렇지 않은 듯
살아가는 모든 것들의 초록 속에는

저 무수한 아무렇게를 견뎌 온 날들이 살고 있다고
나는 화분과 흙과 물과 너 앞에서
웃다가 울다가 넘어지다가 일어서다가

잎을 깨끗이 닦아 준다

새 한 마리가 저 혼자 나무 위에 앉아 있어요

나는 혼자서 숲으로 걸어갈 수 있어요
그것은 나의 습관이거나 집념이 아닐지라도

깨금발로 서서 나무 위로 손을 뻗어 봅니다
앉아 있는 새는 꼼짝도 하지 않고 나무는 흔들립니다

나는 흔들리는 나무 속으로 들어갑니다

흔들리는 것 위의 새와 흔들리는 것 안의 내가
함께 흔들립니다

중심을 잡기 위해서는 노래를 부릅니다
목청과 목청이 만나면 지워지는 것은 무엇일까 생각합니다

새와 내가 함께 노래를 부른다고
나는 새가 될 수는 없다는 것을 아니까 옆구리가 가려웠어요

그냥 서 있거나 그냥 앉아 있거나 다른 것을 바라보는 일
그러니까 희미하거나 투명하거나

>

결코 어제를 숨기려는 것은 아니에요

내가 새의 기분을 들여다보지 못하듯
내 기분을 나뭇가지 끝에 앉혔어요

새가 움직이지 않은 채 나를 다시 바라봅니다

날아가려는 태도를 삼킨 걸까요
애초에 의향 따윈 없었을까요

그런 생각을 하고 있을 때
옆 나무에 두 마리의 새가 날아와 앉습니다

나는 떨어지는 기분을 주워 주머니에 넣습니다

알로에가 웃는다

엉킨 머리카락엔 손가락이 최고야 라고
혼잣말이 흘러나오는데
화분의 숨소리가 들렸다

어제와 오늘을 바꾸어도 같은 그림자가 계속 번지는 밤

그림자는 벽 속에서 몸이 간지러울 때만 나왔어
그림자는 밝은 웃음을 주머니에 숨기고 나왔다지

밤을 밤에게 보낸 적 있다
어제의 색깔은 기억하기 싫어서
낙타가 되기 싫어서

여자는 웃음이 헤프면 안 된다고 배웠지
그래서 내 주머니는 항상 통통했어
밥을 먹지 않아도

언제 터질지 모르는 주머니를 나는 손으로 닫아야만 했지
물이 오른 알로에는 잠들지 않고

>

알로에 아래 작은 알로에가 마구 자란다

하나 둘 셋 넷

그렇게 빨리 태어나는 알로에에게서 그림자도 나왔어

나는 가렵지 않은 다리에 자꾸만 손이 갔다

알로에 줄기를 만졌어

벽 속에서 주머니 터지는 소리

우리에게 급하게 아침이 달려왔어

개의 발바닥에는 굳은살이 박여 있고

자꾸만 내민 손처럼
우리의 산책은 길어진다

길의 끝을 가 보고야 말겠다는 듯 걷고 또 걷는다
개의 뒷모습은
뭔가를 자꾸 풀어 놓으려는 것 같아서

지나가는 사람의 신발에 코를 킁킁대는
개의 목소리가 말랑말랑하면 좋겠는데

발바닥이 단단하다는 건
땅을 밀어내는 일이 많았다는 것

세계는 밀어내라고 존재하는가
그런 물음을 생각하면
계단을 오르는 일이 무척 슬퍼졌다

계단은 제 이름이 계단인 것을 알고 있을까
나의 오래된 질문 같은 숙제

>

큰 슬픔이 닥쳐왔을 때는 아무것에나 대고 잘못했다고
빌었다

단단해지면 갈라지고 갈라지면 틈이 생기고
우리는 함께 산책을 한다

모르는 사람이 자전거를 타고 빠르게 지나간다
개와 나의 발바닥에는 굳은살이 박여 있고

두루마리 휴지

풀어지기 위해 걸었다
동그란 어둠만이 남으라고 뛰었다

풀어지고 펴지면 비로소 어제가 나올까

그런 생각을 하면 자꾸만 다리가 아파
양말을 벗고 싶었다

맨발이 되면 억지로 웃지 않아도 된다고
학교에서 배우지는 않았다

뒤로 가는 시계를 그리워했다고도 말하지 않았다

너무 멀리 왔다는 건
조금 외롭다는 말

뒤쪽을 본다는 것은 내 안을 들키는 것만 같아
자꾸만 침을 삼켰어요

잠 속에서 웅크리고 앉아 있는 나는

어떤 기분인지 알지 못해서

커피가 마시고 싶었다

커피에 크림을 한 숟가락 넣었다
바로 숨어 버린 크림은 어디론가 사라지고
나는 무심히 잔을 들고 커피를 마셨다

커피 잔의 빈 바닥이 나를 본다
꿈속에서는 꿈 밖이 보이지 않아서 좋았다

바람도 불지 않았다

제3부

블랙박스

사각지대는 나만의 다락, 나는 사각지대를 좋아해서 고개를 흔들어요. 나는 가끔 사각지대로 살러 가요. 버려진 세간처럼 내가 지나친 구름들이 모여 있고요. 바람처럼 지워진 흔적들도 살고 있어요. 저장된 말투처럼 누가 나를 대신 살아요. 나는 나에게 말하는 사람, 나는 계절의 기분을 설명하는 사람, 나는 잘려 나간 등을 맥없이 바라봅니다.

비명이 구석에서 구석을 넓혀 가고 있었죠, 비명은 비명일 뿐 이제 아프지 않아요. 지워지지 않는 발자국은 웃을 수 있어요. 오늘의 날씨는 세상에 없는 계절처럼 녹아내려요. 녹화된 어제들이 물렁해지는 밤 13시.

나는 나의 등 뒤에 앉았어요. 그러면 나의 뒤쪽은 점점 풍성해져요. 보이지 않는데 풍성해져요. 내 몸속의 지도들이 펼쳐지고 나는 사각지대로만 다니기로 해요. 보이지 않는 것들이 보이는 것들을 만들어 가는 걸 보면서 나는 블랙박스를 끄고 나옵니다.

네, 네, 곧 도착합니다.

공혈견供血犬
—김춘수의 「꽃」 패러디

사랑스러운 그가 짖어 주기 전에는
나는 다만
한 마리의 어둠에 지나지 않았다

그가 나의 야성을 불러 주었을 때,
나는 그에게로 가서
그의 혈족이 되었다

나는 그에게로 언제든 갈 준비가 되어 있다
아픔도 없이 죄도 없이
용서도 없이

그가 나의 광기를 가져간 것처럼
그의 왕성한 발톱에 알맞은
깨끗한 야만을 내게 다오
나는 오직 하나의 기록으로
찬양되고 싶다

나의 동료들은 모두
뼈와 살을 버리고 죽음 직전이 되고 싶다

그와 그들에게로 가서 붉음을 덧칠하며
흩어지는 맥박이 되기 위해
비명을 삼키고 싶다

양의 반란

양은 웃는다 걷는다 뛰어다닌다 아니 자유를 버린다
탈을 벗고 고정관념을 떠난다
스스로를 가두었던 침묵을 열고서
야생 눈빛을 쏟아 낸다

매뉴얼을 깬다는 것은 얼마나 흥분되는 일인가

골목 한쪽 귀퉁이에서
비에 젖어 떨고 있는 양 한 마리 데려왔다
햇살 마당에 잔뜩 풀어지는 날
양의 순종이 모두 날아가고
뾰족한 이빨이 조금씩 자라기 시작했다
내 한숨을 질겅질겅 씹으며 자란 이빨들

내가 양을 덮고 잠들었을 때
양은 날카로운 이빨로 내게 악몽을 몰고 왔다
멈추지 않는 악몽 속에서 양은 스멀스멀 시들어 갔다

악몽은 식은땀을 불러내려 하지만
양은 이제 흠뻑 젖지 않는다

시들고 말라 가고 있을 뿐

남자는 권태를 먹고 자란 양을 싫어했다
밤마다 보드라운 털 대신 자라나는 발톱을 보았으니까
나는 다시 양을 돌려보내야 하는데
양이 내 발목을 꽉 잡고 놓아주지 않는다

백색 미사

이미 창백한 흰색
그 위에 미사보가 엉거주춤 곁들여진다
짧은 중얼거림은 시작되고

그녀의 입에서 쉬지 않고 이름들이 기어 나온다
작은 성당 안으로 끌려 나온 이름들은
어색함을 등에 업고

그곳은 아직 가 보지 못한 밤의 시작일까
아니면 이곳의 끝이었을까

봄은 여름을 낳고 여름은 가을을 낳고 텃밭은 상추를 낳고
남자는 여자를 낳고 여자는 아들을 낳고 아들은 외딴 방
을 낳고

가볍게 모은 두 손에는 검버섯들의 향연이 한창인데
젖은 심장을 통해 몸 안에서 흘러나온 것은
낯선 요일에 대한 것

그녀는 고독을 복제하지 않으려고 성가를 펼친다

\>

나오지 않으려 버티는 목소리와
꺼내려는 신앙심 사이에서
음표들이 흩어져 무겁게 공중을 날아다닌다

앞으로 몇 번의 미사를 더 드릴 수 있을까
그녀의 어깨 위로 형광등 불빛이 무너진다

낙관

발자국으로부터 시작되는 계절이다

조금씩 열리는 수평선을 잠재우며
손목의 힘을 조절한다

당신의 몸에서 쌓아 두었던 기표들이 흘러나오고
우리의 낡은 웃음들이 배경을 만들기 시작한다

칼끝을 따라 들려오는 당신의 음성을 가두기 위해서는
밖에서 새어 들어오는 잡음 따윈 버려야 한다

이것은 당신 바깥을 향한 디테일이다

우리가 키운 꽃잎이 시들지 않게
나는 엄지와 검지 사이에서 비틀거리지 않는다

칼이 지나간 자리마다 채워지는 당신의 숨소리
경계의 끝에서 안간힘으로 매달려 있다

발자국에서 흘러나온 낮과 밤이 뒤엉킨 채 분명해지고

베어지는 것은 새로 태어나는 거라고 당신은 말하지 않는다

서리는 내리지 않게 할 것이다
향기가 서로 다른 수요일을 피어나게 했더라도

습기가 없는 마침표를 위해서
맑은 날씨가 이력이 되는 단 한 번의 선언은 사치가 아니
니까

이제 우리의 여름은 단단한 나무 속에서 꽃이 되리라

선택

과일 가게 앞에서 나는 항상 머뭇거렸다

날카로운 각 하나 만들지 않기 위해
저항조차 바람에게 넘겨주었을 저 한 알의 둥근 통증들

모나지 않는다는 것은 순응의 살을 감추고 살았다는 것
가슴속에 단세포를 키우고 살았다는 것

그러니까 모든 껍질은 편견이고 위선일 뿐일까
아무도 안쪽에 무엇이 꿈틀거리고 있는지 모른다

한 알의 자두가 심연 속으로 떨어질 때마다
나는 자꾸만 발을 헛디뎠다

풋을 품은 채 야생을 해독하지 못하고
나는 그렇게 의빙疑氷으로 반짝이고 있었다

저항은 안에서 완성된 농도로 새로 태어난다고 했던가
　나는 한참 시고 떫고 단단한 상태로 몇 개의 계절을 탕
진한다

풋풋하게 늙어 간다

내 눈동자 속으로 밀고 들어오는 자두의 표정은 어둡고 진
한데
야생을 안으로 계속 집어넣고 있는 씨앗의 반항은 위태롭다

나는 모든 것이 다 떨어진 늦은 안부 같은 길 위에 서 있다

정글 그리고 짐

가지와 줄기는 더 어두운 곳에서 빛났다
나는 몸속에 비장한 단어들을 가득 담고서 매일 그곳에 갔다
하나씩 튀어나온 단어들이 혓바닥 안에서 다시 삼켜져야만
맹수들의 무서운 얼굴을 만나지 않았다
비굴은 어리숙함 속에서 가시를 갖는다는 걸 처음 알았다
내 뇌는 벌써 싱싱해서
아직 알맞게 영글지 않아서
내 입속의 발칙함을 꼭꼭 닫아 버려서
성장판을 온통 바닥을 향해 열어 놓는다
보이지 않는 적을 찌르며 한 칸 한 칸 올라간다
철창 속에 갇힌 한 마리의 저항처럼
꼭대기에 올라가 앉는다
그 황홀을 들키지 않으려고 소리치지 않는다
모래바람이 가벼운 방향을 택해 날아가지 않았다면
내 스커트 안쪽에서 여자가 무럭무럭 자라고 있다는 걸 잊
을 뻔했다
아무에게도 들키고 싶지 않은, 아니 들키고 싶은
솜털들이 무성해지고 있다는 것을 아는 이는 아무도 없다
어둠은 미끄러지지도 않고 단숨에 올라온다
익숙해져 가는 막말을 밀어내는데 다리와 다리 사이에서

우주의 문이 열리고 아무도 내게 알려 주지 않은
혼자서 처음 맞이하는 여자가 붉게 쏟아졌다
내가 돌아가야만 마침내 불이 켜지는 창문이 희미하게
이쪽을 바라보고 있다
이제 나는 나를 숨기고 야생을 숨기고
혼자만의 집으로 들어간다

패러독스

노안이 오고 비로소 나는 선명해졌다
아득했던 기억들이 스멀스멀 기어 나오고
사라졌던 사물들이 불쑥불쑥 출몰했다

오늘은 스무 살의 내가 음악다방에 앉아 니체를 앓고 있다
차라투스트라는 왜 저 혼자 심각한 병에 걸렸을까
낭만과 위독 사이 창백한 노트 한 개
기다리던 아이러니는 오지 않았다

대낮의 야상곡
고름처럼 어둠이 흘러 흘러서
눈부신 유리창에 달라붙어 있다
빠져나갈 수 있는데도
이곳에 암울을 돋보이게 하려는 저 고집이라니

신은 아직도 죽지 않았다고
거절당한 나의 감각이 십자가 위를 서성인다
비로소 나의 안쪽은 활발해지고
모서리에 매달려 눈을 감으면
바깥은 점점 스스로를 경멸한다

>

어떤 이들은 죽은 후에야 비로소 태어난다*

문장 하나를 끝끝내 버리지 못한다

서쪽에서 불어오는 상징이

이제는 더 이상 서늘하지 않다

* 프리드리히 니체의 글.

정아頂芽*

뒤에서 날 불렀지

갇혀 있는 당신을 꺼내 달라는 기척
숲 가장자리에서부터 울려 퍼졌지

보일 듯 말 듯한 순간으로 피어날 듯 말 듯
길고 긴 헐떡임은 어디에도 보이지 않았지

당신은 단단한 목소리로 처음을 부추기고 있지만
나의 계절은 당신을 꺼내지 못했지

당신은 전생을 밀고 고요를 지나쳐 나와
출렁이는 리듬으로 기억을 움직였지

나는 당신이 아닌 나를 꺼내지도 달아나지도 못한 채
여기 이렇게 그냥 서 있을 뿐이지

지금은 머뭇거림이 머뭇거림을 달래는 시간
침묵이 그곳으로 파란波瀾들을 밀어 넣고 있는데

>

나는 아무것도 할 수가 없었지

그저 터져 나오는 숨소리를 듣고 있었을 뿐

* 정아頂芽: 식물에서 제일 윗부분에 위치한 눈 또는 싹.

베어마켓*

채널 돌린 거 맞아?

같은 목소리 같은 얼굴이 화면 속에서 같은 노래를 한다. 같은 멘트와 같은 제스처가 익숙하다. 보면 볼수록 무언가 더 나올 것 같아 계속 본다.

자꾸만 보다 보면 더 궁금해지고 궁금해서 더 가까이 가 보는데

싫증 안 나?

마시던 물컵을 테이블에 내려놓으며 네가 물었고 싫증 안 나 라고 말하면
우리의 대화는 커튼 뒤로 흘러갈 것만 같아서

계단을 바라보았다. 한눈에 들어오는 계단은 가파르다. 창을 통한 햇빛이 닿는 부분이 밝아지고 밝아지는 부분은 한곳에 머무르지 않았다. 나의 시선은 계단 중간에서 흔들린다. 움직이는 빛을 눈 속에 가두려고 눈을 깜빡여 보지만, 어느새 사라진 빛의 꼬리를 나는 잡지 못했다. 맨 위의

계단에 나의 시선은 정착하지는 않았다.

텔레비전 속에서 그 가수의 노래는 계속 흘러나온다.

채널을 돌렸다. 다큐멘터리 프로그램에서 늙은 여가수는
주름 없는 얼굴로 웃는다.
전성기 시절 받은 트로피가 장식장 안에 가득하다.

트로피는 목이 마르다는 듯 풀이 죽었고
계단 맨 위는 조용했다.

* 베어마켓: 일반적으로 주가가 하락하는 약세장.

간꽃* 그림자

소금에도 꿈이 있다지
비밀도 가지고 있다지

모래 위에서 꿈을 꾼다
파도의 허리가 잘리는 모습

내 허리를 떠난 많은 사람들
눈을 뜨면 사라지는 이름들

내 손등에는 허물어진 이름들이 굴러다닌다

모래성을 쌓던 손등에서
후회는 자꾸만 미끄러지는 기억을 잡으려 한다

태풍이 오는 속도로 여름은 지나고
상처가 파도에게 소문을 전하는 시간

영원히 시들지 않는 꽃은
가식을 먹고 산다지

>
나는 빈 화병을 바라보았다
흔들리는 중심

화병보단 모래가 더 필요했던 걸까
하얗게 그림자만 남기고 가는 너를 바라만 본다

* 간꼿: 소금쩍의 전라도 방언.

양생 중

수종사 일주문 앞 푯말 위 단풍잎 하나 떨어진다
뒤를 돌아보지 않는
고운 것과 떨어지는 것 사이

거기,
아직 채우지 못한 공백들이 술렁인다

굳지 않은 시멘트
불경 소리 목탁 소리 바람 소리 기도 소리
닫히는 숨소리,

공백이 다 채워진 종이 위에 펜을 들고
펜 끝의 내일을 생각한다

완성이 완성을 밀어내는 날들

완성의 끝은 마침표라는 생각은
밖의 충분한 오해일 것이다

펜을 들고 있으면

자꾸만 내 안의 뼈들이 삐걱댄다

순간 사라질
머릿속에 다 그리지 못한
목구멍 속에 걸려 있는 말들

내 몸 구석구석 파고들어
쉼표들을 지우며 양생되고 있는데

내 안의 공백들은 자꾸만 늘어만 간다

단丹

예쁘게 잎이 물들기 위해서는
빗물을 머금고 있어야 한다고 말하는
당신 입술이 붉었다

비가 내리지 않는 날이 계속되자
내 눈가에는 눈물이 맺혔고

빗물 대신 눈물이 찾아온 밤

잎은 물들기 시작했다
왜 눈물에 젖은 잎은 얼룩을 머금고 물이 드는지

내가 벗어 놓은 신발은 한쪽으로만 기울어 있다
바닥을 다시 한 번 본다

위만 바라보며 걸어왔던 날들
휘청거리는 걸음걸이가 붉게 물들고 있다

빠르게 사라지는 숨소리

\>

예쁘게 물든 단풍잎과
얼룩진 단풍잎은 같은 바닥에 뒹굴고

나는 그냥 길을 걸었습니다

모른 척 지나쳐 온 길은 꿈에서도 나타납니다
나는 꿈을 꾸지 않는 사람

눈을 뜨면 다리가 아픕니다
창문에 붙은 얼룩이 나를 바라봅니다

낯선 수요일

너를 두고 나와서 나는 햄버거집으로 갔다 고기가 잔뜩
들어 있는 수제 햄버거를 한 입 베어 물고는 너를 생각했다
네가 보고 싶었다 들고 있던 핸드폰으로 네가 받은 수술을
검색하면서 입속에서는 연신 고기를 씹었다

씹힌 고기에서는 피가 나오지 않았고
옆 테이블 사람들의 목소리는 화병 속으로 들어갔다

손! 이라고 말하면 너는 언제나 손 대신 꼬리를 힘차게
흔들었지

벽면에 목소리를 숨긴 채 진열되어 있는 악기들을 본다
악기들은 사람의 눈빛보다 목소리를 바라보고 있다 그 많은
말들을 켜켜이 쌓고 있다 나는 언어가 들어 있는 햄버거를
하나 더 시켰다 네가 나를 보고 말하지 않은 이유를 생각하
며 햄버거를 씹었다 너의 냄새가 기억나지 않았다

창문을 두드리는 힘없는 빗줄기가
내 안으로 소리를 밀어 넣고 있다

>

매일 지나가는 목소리에는 얼마나 많은 지문이 쌓여 있을까

현관문을 열고 들어갈 때마다
두 다리로 높이 뛰어오르던 너

우리 사이에 엉켜 있는 지문이 아직 지워지지 않았는데

문을 열고 밖으로 나왔다 비가 내리는 거리를 본다 비는 멈
추지 않고 내린다 나도 멈추지 않고 바라본다 내가 멈추지 않
는 이유를 이 계절에서는 찾을 수 없다

신호등이 초록으로 바뀐다
나는 건너지 않았다

제4부

내가 잠든 사이

하나 둘 셋 넷 숫자를 센다
목소리가 멀어지고 순간
나는 어디론가 지워진다

내가 나를 비운 사이
몸속으로 들어와 그가 나를 읽는다

악몽과 악몽 사이에서 나의 역할은
그저 숨을 쉬는 것
단단하고 질긴 근성들을 떠나보낼 때
작은 상처를 흘리지는 않았는지
능구렁이 하나가 구석에서 똬리를 틀고
꼬리를 한쪽 뼈에 친친 감고 있는지
내 몸을 해석하고 있다
어디까지가 나인지 그인지 알 수는 없다

그는 나를 순식간에 읽고 나가 버린다
생각의 뿌리는 왜 그리 깊게 얽히고설켰는지
뿌리의 끝이 보이지 않는다

당신을 꿰매다

당신이 벗어 놓고 간 바지가
건조기 아래로 실밥 한 올 흘리고 있어요
살짝 잡아당기었을 뿐인데
눈에 띄지도 않고 숨어 있던 질문들이
줄줄이 매달려 나와요
씨줄과 날줄 중에서 무엇이 뒤틀려 있었을까요
무엇이 궁금해서 스르르 풀리려는지
거기엔 변하지 않을 입맞춤이 있다고 믿었어요
당신을 껴입은 알몸이 맥없이 바닥에 닿아요
보이지 않는 바늘이 나의 심장을 향해 한 발 움직여요
당신이 내 안에 촘촘히 박아 놓고 간 바늘땀은
영원히 삭지 않는 실이었을까요
누비 바늘보다 더 정교한 감촉이 나를 바느질한 것일까요
바늘은 아픈데,
오늘도 당신을 수선해요
단단한 고독을 잘라서 슬픔을 재단한 후
당신을 꿰매어 옷을 만들고 있어요
그 옷은 비 오는 날에만 입을 거예요
비가 무심을 껴입고 씨줄로 걸어갈 때
허공에 풀리지 않는 매듭을 만들고 말 거예요

당신, 여전히 날줄을 고집할 건가요

그러니까 내 바느질은 지치지 않을 거예요

퇴직

한강 둔치 위

아직 구겨지지 못한 하얀 종이컵 한 개
죽음을 발설 중이다

처음부터 자기가 일회용이라는 것을 알고 있었을까
병 속의 알코올이 비워질수록 절망의 수위는 높아 간다

비워진 종이컵 안으로 가득 채워지는 무력감
물속 고요를 흔들고 있다

바람이 분다
힘없는 바람 한 점에도
쉽게 무너져 물 위를 둥둥 떠다닌다

수면 위로 하나둘 떠오르는 청춘은
왜 자꾸 가라앉을 생각만 하는지

어둠이 물속을 휘저어 파동을 일으킨다
고개를 좌우로 흔들어 봐도 늘어나는 건 좌절의 방식

\>

평생 사람과 함께 뒹굴었는데
사람은 사랑을 낳지 않았고
실패는 패배만을 남길 뿐이다

종이컵이 힘없이 물 위에서 제 몸을 삼킨다
바닥에 깔고 앉았던 신문지 한 장만이
그의 체온을 기록하고 있다

위 그리고 아래

야생초들 위로 잣송이 엎드려 있다 돌보다 화려하지 않
다고 생각했다 그 옆에 잣 한 알 툭 떨어져 나와 있다 입속
에서 침이 돌았다

낙엽 지는 나무들 사이에 서 있다
제 일부가 사라진 줄도 모르고 쭉쭉 뻗은 나무들

그러니까 위의 공기가 궁금합니다 떨어지는 속도만큼 목
소리는 빠르지 않아서 내 귀는 더욱 쫑긋합니다 바닥으로
떨어지는 당신의 목소리를 자꾸만 놓칩니다

바닥으로 떨어진 모든 것은 은유다

생각한다 한 번 더 생각한다

체험학습 나온 아이들이 잣을 줍는다 당신은 이가 아프
다고 말했고 나는 아이들의 가방 속에서 바나나를 꺼내 당
신에게 주고 싶다고 말했다 바나나는 싱싱할까 우리의 상상
은 숲속으로 깊이 들어갔다

\>

궁금증은 느낌으로 해결되지 않는다
당신이 목을 뒤로 젖힌다
점선으로 우리의 상상이 올라간다

우리들의 계산은 항상 위로 올라가려고 한다 숫자는 많아
져야 한다 그릇은 커야 한다 양은 많아야 한다 그러니까 사
람들이 싸우는 것에도 다 이유가 있다 높은 것도 마지막에
는 내려와야 사람의 냄새를 맡는다

열매들이 아래로 모이는 동안 사람은 조금씩 식어 간다

낙엽 위에서
잣 알맹이가 두꺼운 잣송이를 밀어내고 있다

우리는 꽃 없는 맥문동을 바라보며 걸었다

비스듬한 언덕에 너는 보라색으로 서 있지 않았다. 비스듬한 언덕에는 어깨가 처진 풀이 많고. 풀이 많은 언덕에는 그림자가 많다. 어깨 처진 풀은 비밀을 받고 서 있고. 어깨 처진 풀은 말을 많이 하지 않는다. 보라색을 몸속에 꼭꼭 숨긴 맥문동 이파리 위로 작은 물방울이 반짝인다. 터질 듯 팽창한 빛을 가졌다. 햇살 아래에서 이파리와 물방울이 함께 출렁인다. 실처럼 퍼져 가는 무지개. 무지개 속으로 내 안의 기억이 들어간다. 풀벌레의 울음소리가 그립다고 생각했다. 그 벌레들의 울음이 여럿으로 가득할 때 내 울음을 곁에 놓아두고 싶다. 울음이 가득한 채로 노래를 쏟아 내고 벌레들은 사라지겠지. 바람이 시원하게 불어온다. 비스듬한 언덕을 비스듬한 어깨로 걷는다. 맥문동을 눈으로 그리며 걷는다. 너와 나는 눈 안으로만 꽃을 그린다. 외롭지 않기 위해서. 아니 더 외로워지고 싶어서. 보라색을 잇는다. 지독히 외로워지기 위해서. 아니 너무 외로워서. 비스듬한 언덕과 출렁 다리가 만났다. 길과 길이 이어진다. 우리는 꽃 없는 맥문동을 바라보며 걸었다.

나는 심심하지 않아서

창문이 있습니다. 어떤 밖이 있습니다. 밖이 안을 걸어 잠그고 있습니다. 나는 궁금하지 않아서 밖을 계속 쳐다봅니다. 밖으로는 관심이 없어서 괜히 운동화 끈을 고쳐 보는 것입니다. 벽시계의 초침 소리가 손바닥 위를 천천히 걷고 있습니다. 아니 기어가나 봅니다. 나는 혼자 사막을 걸어 본 적이 없습니다. 1초가 1년의 탈을 쓴 것을 본 적이 없습니다. 나는 심심하지 않은 사람. 자꾸만 밖을 바라봅니다. 신발을 줄지어 놓습니다. 색깔별로 짝을 지어 봅니다. 슬픔의 무게 같습니다. 입속에서 잠자던 문장들이 거미줄을 붙잡고 줄줄이 따라 나옵니다. 빨간색 파란색 노란색 벌레들이 초침이 지나간 길을 따라 또 천천히 기어갑니다. 방이 점점 더 작아집니다. 허공 속에 내가 매달려 있습니다. 나는 몸이 없는 사람. 악물이 가득 들어 있는 방에서도 나는 심심하지 않습니다. 부지런히 안으로 들어갑니다. 안으로 안으로 안으로 안의 또 안에서 창밖을 바라봅니다. 바깥은 어디에나 있습니다. 문을 열면 모두가 바깥입니다. 나는 유령일 리가 없습니다. 나는 오늘도 심심하지 않은 사람.

쉿!

미미크리

오늘은 누구를 살아 볼까, 아침마다 새로운 사람이 내게 들어와요

아무렇게나 달려드는 햇빛, 그렇다고 아무렇게나 살지는 않아요
유전자들이 가지런히 들어 있는 가방 속은 비밀이에요

완벽한 타인일 때 나는 밖으로 나갑니다

나는 유전자들이 꿈틀대는 가방을 메고 조심스럽게 공원을 걷습니다
날씨가 오늘의 캐릭터를 만났을 때 자웅동체가 되는 구두와 운동화

발자국 속에도 눈동자는 존재합니다

기대하지 않았던 빛줄기가 어제의 나를 데려옵니다 나는 부러진 나뭇가지처럼
잠깐 머뭇거려요 나를 혼란으로 끌고 들어간 과거들은 사라지지 않고 계속

발랄합니다

가방을 열고 한참을 들여다봅니다 수많은 점들이 서로 뒤엉켜 간택되기를
바라는 과일처럼 붉어지고 있습니다 그곳에 반성은 없습니다
세상을 경험해 보고 싶은 가녀리고 얇은 나의 분신들

반성은 향기를 지니고 있지 않아서 날개를 달아 줍니다

나는 애초부터 키워 온 점들을 쏟아 봅니다 아직 처음인 점들로 가득합니다
나이면서 또 내가 아닌 점들의 좀처럼 변하지 않는 포기와 포부

나는 반복의 날들을 계속 걸어갑니다
넘어지면 넘어지는 쪽으로
무너지면 무너지는 쪽으로

궁금한 건 다시 목구멍 속으로 꾹꾹 집어넣습니다

사소한 일

종소리가 울리고 복지사 선생님의 얇은 미소가 뒤통수 쪽으로 돌아갑니다. 미소는 항상 뒤통수에 자리 잡고 식판 위의 반찬들은 언제나 친절합니다. 자식들의 소식은 식판 위에 놓이지 않습니다. 식판은 오직 영양사의 숙제일 뿐.

어젯밤 꿈이 그녀의 이빨에 씹혀 바닥으로 흐릅니다. 돌아갈 수 없는 곳이 자꾸만 생겨나고, 그때마다 입술이 부풀어 오릅니다. 더 크게 더 물컹하게 그렇다고 식판 위의 잘린 토마토가 시들지는 않습니다.

그녀는 얌전히 입을 벌립니다. 숟가락과 젓가락 사이에서 자주 길을 잃으면서도 야무지게 밥을 먹습니다. 엄마의 젓가락이 눈앞에 보입니다. 맛있는 밥을 먹기 위해서는 엄마를 부르지 말아야 합니다.

엄마는 그녀의 목구멍 속에서만 맛있습니다.

돋보기를 쓰고 하늘을 보면 편안해집니다. 빙빙 도는 어지러움이 심장까지 조였다 폈다 반복하고, 과거와 현재가 뒤엉켜 식판의 모서리를 이해하지 못하게 됩니다.

여기가 어디인지 그녀가 왜 여기 있는지 표정은 감정을 포장합니다.

그녀는 식판을 깨끗이 비우고 비우고 비우고 지웁니다. 오늘의 주메뉴는 발효된 과거, 발효되지 않은 사람은 조심하세요. 그렇다고 기다리는 소식을 기대하는 건 반칙.

할머니 얼른 방으로 돌아가세요!

누구를 향한 말인지 그녀의 귓전에 내립니다.

야명조*

가물가물할 뿐 떠오르지가 않네요

몇 개의 문을 방을 계단을 창문을 지었었나요 도면이 스스로 커지고 있네요 구겨지지 않은 모서리를 뚫어져라 쳐다봅시다

새벽마다 허물어지는 벽을 밤새워 쌓고 또 쌓았습니다

복도에는 비뚤어진 거울을 걸지 않아야 합니다
경우에 따라 선택을 합시다 기회주의자는 어제를 생각하지 않습니다 계획서는 방학 전의 숙제일 뿐

문지방은 만들지 않겠습니다 우리의 변덕이 자유롭게 드나들도록 침묵을 벽에 바르고 입김과 눈빛은 옷장 속에서 안전합니다

따뜻하지 않은 우리 집에서는 화살표를 따라가세요

화창한 날씨 속에서는 노래가 나오네요 노래는 복도에 머물지 않습니다

당신은 신발도 벗었네요 신발 속에서 음표가 꿈틀거립니
다 당신은 오늘도 다림질을 좋아하는 나를 위해 설계도에
붙박이 다림판을 그리면서 한 손으로 지우개를 찾습니다

　쌓아 놓은 벽돌 시멘트는 언제나 내 곁을 지켜요
　어젯밤 그제 밤 한 달 전 일 년 전
　완성된 집은 항상 새로운 버전
　매일 밤 업그레이드된 도면이 화살표를 따라다닐 뿐입
니다

　눈물이 가득 찰까 봐 연못은 만들지 않겠다던 당신
　잘 다려진 흰 셔츠를 입고 당신은 하얀 이를 드러내며 웃
고 있습니다
　암요 암요
　언젠가 완성될 우리 집에 꼭 놀러 오세요

　호사를 누리는 건 시간 문제라니까요

* 야명조: 히말라야 설산에 살고 있는 전설의 새.

등목어*

아버지는 나에게 말했다. 물 밖은 위험해. 아니에요 나는 이곳이 싫어요. 나는 새로운 세상을 찾을 거예요.

내 지느러미에서는 자꾸만 가출이 자라났다.

아침마다 나는 버스를 기다린다. 가방 안의 송곳이 들킬까 봐 지퍼는 꼭꼭 잠근다. 책과 필통 사이에서 접힌 날개가 얌전하다.

물만 먹고 살 수는 없어. 내 머리에서는 고기 씹는 상상으로 풍선을 만든다. 풍선은 내 갈비뼈 뒤에 붙어 있던 식욕까지 자극한다.

나는 버스가 아닌 아무것에나 올라탔다. 제일 먼저 온 것이 배달 오토바이.

땅에서도 날 수 있다는 것은 오토바이를 타고 달려 본 사람은 안다.

내 정맥을 타고 흥분이 빠르게 달아오른다.
아버지가 자른 날개는 잊었다.

   >

물 밖은 위험해. 따라오는 아버지의 목소리는 오토바이
의 빠른 속도를 따라 하늘로 날아간다.

오토바이 위의 세상은 날카로웠다. 나는 날았다.

날카로운 칼날은 스릴을 더 안겨 주었다.

지느러미에서는 자꾸만 비행이 자랐다.

* 등목어: 농어과의 민물고기. 먹이를 찾아 바위나 나무 위로 올라가
기도 한다. 인도, 스리랑카, 동남아시아, 아프리카 등지에 분포.

섬

내 몸에 보이지 않는 선을 따라
하나둘 소리 소문 없이 생겨났다지

청진기로도 감지할 수 없었던
내 자궁은 지금 만삭 중이다

물혹 아니 의혹으로 가득 찬,
떠도는 섬들은 내 안에서 자꾸만 번식한다

의사는 말했다
악성은 아닙니다

나는 또다시 뒤척인다

그 섬들이 내 몸의 가장 깊은 곳에서 번식하는 이유는
궁금해하지 않기로 했다

얼룩뿐인 기억이
앞이 아닌 뒤로 자꾸만 달려갈 때
물혹이 불빛처럼 내 안에 내려앉는다

\>

혹은 터지는 것이 아니라

함께 가야 하는 또 하나의 나이다

폴라로이드 시간

여백을 여백으로 채우면
점점 더 선명해지는 어제의 의자

지나간 시간에는 웃음소리가 들리지 않는다
석양을 바라보는 의자의 다리는 불균형하고
불균형 속에는

웃음
억지
과장

우리의 마침표

마침표는 망설임의 도착지
막차는 나를 기다려 주지 않았다

사각 귀퉁이를 맴돌다 자리 잡은 어제 피어난 새싹은
더 이상 자라지 않는다
감자는 썩기 전에 싹을 틔운다지

>

새싹과 썩음의 리듬이 벽을 타고 올라간다
통증 그리고 통증 속의 쾌감

독은 소리 없이 태어난다 불안하지는 않다
너의 입술에 적막이 흐른다

감정은 내일의 앞으로 몸을 감추고 있었다

내 새끼손가락이 펴지지 않는다
그것은 최소한의 예의

어느새 여백은 사라지고
어제는 선명함 속으로 몸을 숨긴다
그림자가 따라 들어간다

사이의 시간

뒤를 돌아본다
다리는 아프지 않은데 자꾸만 무릎이 구부러진다

담벼락과 담벼락 사이
보도블록과 보도블록 사이
가로수와 가로수 사이

무수한 목소리들이 매달려 있다
떨어지고 있다 흐려지고 있다 지워지고 있다
나는 종일 서서 바라만 본다

흐려진다는 것은 풍요로워서
경계를 만들고

경계는 낯선 얼굴을 가지고 있고 당신과 나의
감정을 검은 주머니 속에 넣어 둔다

주머니 세계는 과장되어야 하고
목소리는 흥분되어야 하고
우리는 어설픈 웃음으로 공간을 메우고 있다

>

담벼락은 담벼락으로 자라고 보도블록은 보도블록으로
자라고 가로수는 가로수로 자라고 당신과 나는 순간으로 자
라요 순간이 채워져서 어디로 가는지는 우리 묻지 말기로
해요 시간이 자라서 만들어지는 감정이 반드시 환한 빛을
필요로 하지는 않아요 둥글게 지나가는 미래를 과장 속에
담아 놓고는 웃어 봅시다

무릎이 각을 만들면 모퉁이에서 모호한 바람이 불어왔다
무릎과 무릎의 간격은 서서히 무너진다
숨어 있던 비밀들을 씨앗처럼 가둔다

시간은 사라지는 것이 아니라 가두어지는 것이다

떠난 자리

닫혀 있는 유리창으로
빛이 가볍게 떨며 들어와
못이 떠난 구멍 속으로 들어간다

환해지는 좁은 구멍을 보면
울음소리가 보인다

못이 저곳에서 받치고 있던
액자이거나 시계이거나의 비밀

나는 아무것도 궁금하지 않아서
길을 잃었다

눈을 감고 어둠을 향해 걷는다

보이는 것도
보이지 않는 것도 내 안에서 서식되는데

눈을 감아도
왜 항상 보이는 것은 같을까

\>

꿈속에서도 잡고 있는 것은
놓아지지 않는다

못이 떠나도 벽에서 점점 더 깊어지고 있는
비밀들

검고 작은 구멍에서 녹슬지 않는
일기가 자라고 있다

찌개는 저 혼자 끓고 있었다

레인지 앞에 서서 닫혀 있는 뚜껑을 봅니다
뚝배기 안에서 일어나는 일을
나는 알지 못하고

알지 못하는 세계에 나는 서 있습니다

아는 척하기 위해 귀가 다가가고
펄펄 끓는 뚝배기 밖에서
기웃기웃
물과 불과 재료들을 불러 봅니다

내가 부르는 소리는 주방 벽에 부딪혀 쓰러지고
당신은 소파에 앉아 나를 향해 말합니다

찌개는 잘 끓이고 있어?

밀고 당기고 섞이고 우러나고 있다고
그렇게 생각하지 않는데 자꾸만 손이 가려웠어요

가렵다는 것은 부끄럽다는 것이 아닌데

얼굴은 자꾸만 붉어지고
그런 나를 누군가 훔쳐보는 것만 같아서

뚝배기의 뚜껑을 열었습니다

거기 방향을 잃고 방향을 찾고 있는 것들이
길을 열며 길을 내며 견디는 모습

분명 거울은 아닌데
너무나 익숙한 방황들

알지 못하는 나의 세계는 계속됩니다

존재의 불안과 존재의 힘 사이를 떠도는 말들

이승희(시인)

세계로부터 나오는 혹은 세계로 향하는 나의 모든 질문은 결국은 존재에 대한 질문이다. 그리고 우리는 그러한 질문을 끊임없이 요구받으며, 때로 그런 질문으로부터 달아나기를 꿈꾸기도 하고, 그런 질문을 통해 비로소 나의 존재에 대한 불안을 느끼기도 한다. 시 쓰기란 그렇게 이 세계 속에서 자신의 존재를 확인하는 일이 될 것이기 때문이다. 그러나 대부분의 질문은 나의 존재를 확인하는 것이기도 하면서 또한 부정하는 질문이기도 하다. 그러한 긍정과 부정의 질문들을 동시에 껴안으면서 우리는 존재의 걸음을 힘겹게 떼어 놓을 수밖에 없다.

박가경 시인의 시에서 만나게 되는 숱한 시적 대상들은

그러한 질문의 다른 모습들이다. 우리가 대상을 인식한다는 것은 그 대상 자체가 아닌 우리의 주관 형식에 의한 것이라고 했을 때 사실상 세계로부터의 질문은 나 자신이 만들어 낸 것일지도 모른다. 박가경 시인의 시에서 만나게 되는 질문들과 그러한 질문에 대한 응답은 그것 자체로 주체로서의 자신을 찾아가는 시인의 존재론적 도전이며, 그것이 불안과 견딤이라고 해도 달라지는 것은 아니다. 때로는 삶의 존재, 그 밑바닥이 흔들리는 경우라도 부정적인 것을 존재로 전환하는 힘, 우리는 박가경 시인의 시를 통해 그것을 만날 수 있다.

다양한 풍경들, 그 속에서 만난 질문들

불안하지 않은 삶이란 없다. 어쩌면 우리는 그것들 위에 떠 있는 존재들일 수도 있다. 그러나 그러한 불안으로부터 우리는 비로소 자신의 내면에 눈을 뜬다. 그리고 묻는다. 여기는 어디이며, 나는 누구인가. 그러한 질문으로부터 마음과 나는 팽팽해진다. 그런 팽팽해짐이 나의 주체를 드러내고, 거기서 나는 독립적인 주체로서의 성장을 꿈꾼다. 그러니까 그것은 존재가 말을 걸고 우리는 응답하는 것이면서 동시에 내 안의 무수한 나를 만나는 일이며, 그것으로 살아가는 일이 될 것이다.

가느다란 줄에 매달려 말라 가는
가자미의 눈과 마주쳤다
필연일 수 없는 멀어짐의 눈빛들이
모서리를 닮아 가고 있다

어떤 방향도 되지 못하는 모서리들처럼
갯벌은 자꾸만 서쪽으로 멀어졌다

우리는 모르는 척 갯벌을 바라보았다

입술에 고이는 피처럼
저녁이 오고 있었고
두 손을 꼭 잡은 채 멀어지는 일에 대하여
생각할 때마다
손목이 지워지고 있었다

우리 다시 시작하지 말자
녹지 않는 얼음의 기후를 슬픔이라고 말할 수 없으니
멀어지는 것의 따뜻함을 어떤 기후라 불러야 하는지

너는 주머니 속 질문을 만지작거리고 있었다
질문 속에는 파란 피가 묻어 있을 것만 같아서
나는 가방 지퍼를 닫는다

가자미의 납작 엎드렸던 몸이 바람에 반듯해지고 있다

　　너의 발목에서 햇빛이 부서지고
　　맞지 않는 신발은 끝없이 나의 발목을 잡아당기고
　　어떤 상냥한 인사처럼
　　밤이 온다면

　　　　　　　　　　　　　　　　　　—「밤의 질문들」 전문

　시인이 가자미의 눈길에서 본 것은 무엇이었는지 묻지 않아도 알 수 있다. "어떤 방향도 되지 못하는" 삶 속에서, 이미 불안조차도 사라진 가자미의 눈길을 통해 시인은 어쩌면 끝내 하고 싶지 않았던 질문들에 마주친 것이다. "모서리를 닮아 가"는, "어떤 방향도 되지 못하는" 그런 "모서리"를 대면하는 일은 고통스럽다. 피할 수만 있다면 피하고 싶다. 그것이 인지상정이다. 그러나 애초 우리 삶이 그렇게 피해질 수 있는 것이었다면 그런 질문과 대면하지 않았을 것이다. 아니, 그것이 그런 질문으로 돌아오지 않았을 것이다. 그런 이유에서 시인이 만나는 대상은 사실상 시인이 만들어 내는 것이기도 하다.
　그래도 살아야 하고, 그래서 살아야 한다면 불안을 하나의 '있음'으로 받아들여야 한다. 그것을 슬픔이라고만 말할 수 없음을 시인은 알고 있다. "녹지 않는 얼음의 기후를 슬픔이라고 말할 수 없으니/ 멀어지는 것의 따뜻함을 어떤 기후라 불러야 하는지" 시인의 궁리는 깊어지면서도 이미 그

133

것을 하나의 생의 조건으로 받아들일 줄 안다. 그 후의 고통은 또 다른 문제일 것이다. "맞지 않는 신발은 끝없이 나의 발목을 잡아당기"겠지만 묵묵히 가야 한다. 그것이 '나'라면 나는 그것을 나로 규정하는 하나의 방법이 되기 때문이다. 그리고 그것으로서의 나는, 패배가 아닌 비로소 독립적인 나로서의 자세를 찾아가는 일이 될 것이다.

자꾸만 목구멍을 타고 올라오는 새가 있습니다
삼킬 수 없는 거짓말처럼
어떤 비명처럼

이유가 있습니까

우리는 한 번도 만난 적이 없습니다

오답은 반복됩니다

오늘의 이야기는 그런 것입니다

어디에도 도착하지 말아야 한다고
그렇게 말하는 사람에게서
오래된 슬픔의 냄새가 난다면
나는 그에게 새가 되고 싶은지도 모르겠습니다

새가 날아간 자리에 밤이 고이고 있습니다

나를 떠난 모든 것들이 아름다운 그런 밤입니다

지금은 먹구름이 번식하는 계절

내내 사랑해야 할 것은 그런 검정입니다

구름이 자꾸 베개 위에 얼룩으로 번지기 시작하면

배에도 귀에도 얼굴에도 차올랐던 생각들이 흩어지듯

번져 갑니다

오늘이 불행해서

내일이 온다는 것을 나는 알고 있습니다

　　　　　　　　　　　　　　　　　　—「새를 반복하다」 전문

'나'는 얼마나 '나'이며, 또 얼마나 '나'가 아닌가. 또한 나는 그것을 얼마나 분명하게 규정할 수 있는가. 세계 속에서 지극히 작은 개별적 자아로서의 나는 내가 아는 그 '나'이며, 또 내가 모르는 '나'로서의 나를 포함한다. 어쩌면 시를 쓴다는 것은 내가 모르는 그 '나'에 대한 외롭고 빛나는 탐험이며, 내가 나를 두고 달아난 모든 것을 다시 되돌아보게 하는 쓸쓸한 고백 같은 것인지도 모른다.

　시는 내가 아는 나를 드러내는 것이기보다는 내가 모르는 나를 찾아가는 일련의 과정이다. 그러니까 주체성이라는 것 역시 행복하고 익숙한 것에서 온다기보다는 불안과 불행이라는 극단적인 상황에서 인식하게 되는 것이다. 따라서 하나의 개별적 주체로서 우리는 이 세계와 치명적으로 어긋나 있다고 생각하는 지점에서 비로소 주체로서의 열망을 더욱 강하게 느끼게 되는 것이다. "삼킬 수 없는 거짓말처럼/ 어떤 비명처럼// 이유가 있습니까// 우리는 한 번도 만난 적이 없습니다// 오답은 반복됩니다"에서 보듯 시인의 세계 인식은 비교적 분명하다. 그로 인해 그가 견뎌야 할 몫 역시 고스란히 그의 것이겠지만 그런 현재의 인식을 통해 비로소 주체적 자아로 나아갈 수 있는 통로 하나를 열고 있는 셈이다.

"벽으로 빠르게 보낸 나의 질문에 독을 품은/ 당신의 대답이 더 빠른 속도로 내게 날아온다// 대답은 정교하다 내가 가격한 지점으로부터/ 한 번 더 뒤틀린 채 다가와 추궁한다"(「스쿼시」). 이러한 자기 인식은 세계에 대한 통찰을 통해 더욱 분명해진다. 내가 모르는 '나'에 대한 스스로의 믿음이 생길 수 있다면 바로 이 지점이 될 수 있을 것이다.

"나를 떠난 모든 것들이 아름다운 그런 밤입니다/ 지금은 먹구름이 번식하는 계절/ 내내 사랑해야 할 것은 그런 검정입니다"라는 발언은 스스로 그러한 세계 속의 존재로서의 감당해야 할 몫이 있음을, 견딤의 숙명을 수용하는 자세를 보여 주고 있다. "오늘이 불행해서/ 내일이 온다는 것을 나는 알고 있"다는 쓸쓸한 고백 역시 그러한 출발선에 있음을 인지했다는 말이기도 하다. 그것은 세계로부터 밀려났거나 패배한 자의 목소리가 아니라, 그 패배의 감정 너머를 바라보는 자의 시선이 되는 것이다.

살아 있는 것과 그렇지 않은 것들이 서로 어울려 있을 때

모든 견딤은 쓸쓸하다. 그것은 오로지 혼자만의 몫이기 때문이다. 그래서 때로 시인은 반쯤 죽는다. 그리고 남은 반조차도 살아 있는 것들과 살아 있지 않은 어떤 것들 사이를 떠돌기도 한다. "간신히 척추를 추스르고 있는 담벼락// 버티는 일은 살아가겠다는 것인가, 그만 살겠다는 것인가"(『어떤 참선』), "내일은 어떤 간격으로 돌아오는지/ 열리지 않는 괄호 속으로/ 자꾸만 스며드는 통증으로// 나는 나를 펼쳐 두고/ 알맞은 간격으로 지워지는 중이다"(『무를 썰다』)처럼 시인은 이 세계 속에 아무렇게나 던져진 존재처럼 조금씩 지워지고 있다. 시인의 서정적 자아는 세계에 대한 열렬한 구애나 친화력으로 다가서기보다는 거부감과 냉정한 자기 인식으로 대체되고 있다.

과일 가게 앞에서 나는 항상 머뭇거렸다

날카로운 각 하나 만들지 않기 위해
저항조차 바람에게 넘겨주었을 저 한 알의 둥근 통증들

모나지 않는다는 것은 순응의 살을 감추고 살았다는 것
가슴속에 단세포를 키우고 살았다는 것

그러니까 모든 껍질은 편견이고 위선일 뿐일까

아무도 안쪽에 무엇이 꿈틀거리고 있는지 모른다

한 알의 자두가 심연 속으로 떨어질 때마다
나는 자꾸만 발을 헛디뎠다

풋을 품은 채 야생을 해독하지 못하고
나는 그렇게 의빙疑氷으로 반짝이고 있었다

저항은 안에서 완성된 농도로 새로 태어난다고 했던가
나는 한참 시고 떫고 단단한 상태로 몇 개의 계절을 탕
진한다
풋풋하게 늙어 간다

내 눈동자 속으로 밀고 들어오는 자두의 표정은 어둡
고 진한데
야생을 안으로 계속 집어넣고 있는 씨앗의 반항은 위
태롭다

나는 모든 것이 다 떨어진 늦은 안부 같은 길 위에 서 있다
—「선택」 전문

둥긂의 역사를 견딤의 역사로 바라보는 시인의 시선은
비교적 분명하다. "둥근 통증"이 그것이다. 견디는 자의 내
면에 대하여 시인은 누구보다 잘 알고 있다. 그것은 그 자

신 내면의 역사이기도 한 때문이다. 견딘다는 것은 자신을 드러내기보다는 세계의 폭력을 고스란히 받아 내는 것에 가깝다. 그러기 위해 우리는 때로 위선의 가면을 써야 할 때가 있고, 치욕의 순간으로 괴로울 때도 있다. 그러나 이러한 시인의 세계 인식은 역시 그것을 하나의 출발점으로 볼 수 있다. 독립적 주체로서의 출발 말이다. 이러한 자기 인식의 상황은 다른 여러 시에서도 나타난다. "내가 나를 비운 사이/ 몸속으로 들어와 그가 나를 읽는다// 악몽과 악몽 사이에서 나의 역할은/ 그저 숨을 쉬는 것"(「내가 잠든 사이」)이거나 "나는 가끔 사각지대로 살러 가요. 버려진 세간처럼 내가 지나친 구름들이 모여 있고요. 바람처럼 지워진 흔적들도 살고 있어요. 저장된 말투처럼 누가 나를 대신 살아요. 나는 나에게 말하는 사람, 나는 계절의 기분을 설명하는 사람"(「블랙박스」)처럼 시인의 견딤을 통해 발견한 세계는 상처투성이의 내면이면서 동시에 그러한 내면으로부터 출발하려는 존재의 힘이다.

나의 귓속에는
날아가지 못하는 새들이 산다
자꾸만 창문을 두드리는 밤이 지나면
나는 맞지 않는 신을 신고
무엇이든 따라 나선 휘파람처럼
미안한 듯 걷는다

맑아서 너무 맑아서 먹구름이 자라난다고

…(중략)…

반쯤 죽었다는 말은 비겁해
왼발과 자꾸만 어긋나는 오른발로
어디까지 갈 수 있을까
어긋남의 극단에도
이해되지 않는 것들이 있다는 것을

아무도 나를 부르지 않는
행성의 천변보다 먼 곳으로
나는 돌아가는 중입니다

—「천변 우울」 부분

　자기 자신에게 예민하고 섬세한 사람일수록 자신의 상처
에도 예민하다. 따라서 받아들이는 불행의 세기도 더 크게
느끼지만 그 때문에 세계에 대하여 조금 더 민감하게 반응
할 수 있다. 더불어 시를 쓰는 행위 자체에 어느 정도 그러
한 자의식의 과잉은 이미 포함되어 있다고 볼 수 있다. 특히
그런 예민함은 불안, 상처, 절망 등에 대하여 조금 더 확장
되는 심적 상황을 느끼게 된다. 그러나 이 모든 것들 역시,
자기 자신을 이해하기 위한 존재 내부의 통증이다. 시인은
이처럼 '나'는 누구인가, 이 세계에 지금 어떻게 존재하는가

를 놓고 집요하리만치 자신의 내면을 파고든다. 대부분의 경우 그럴수록 세계 속에서의 시인의 존재는 점점 위태로워진다. 그러나 그럼에도 불구하고 그런 의식의 흐름을 거부하지 못하고 달려 나가는 것 또한 시 쓰기라고 할 때, 박가경 시인의 시적 정신은 오히려 그러한 상황에서 냉정한 자세를 잃지 않으면서 굳세게 더욱 밀어 가고 있다는 점에 주목할 필요가 있다. "반쯤 죽었다는 말은 비겁해/ 왼발과 자꾸만 어긋나는 오른발로/ 어디까지 갈 수 있을까" 혹은 "아무도 나를 부르지 않는/ 행성의 천변보다 먼 곳으로" 자신의 정신을 옮겨 가려 하기 때문이다. 이것은 자신의 내적 에너지를 통해 세계 속에 자신의 존재적 자리를 향해 나아가는 힘이 된다. "거기 방향을 잃고 방향을 찾고 있는 것들이/ 길을 열며 길을 내며 견디는 모습"(「찌개는 저 혼자 끓고 있었다」) 역시 그러한 내면의 힘으로 가능해진 것들이다.

　　얼룩뿐인 기억이
　　앞이 아닌 뒤로 자꾸만 달려갈 때
　　물혹이 불빛처럼 내 안에 내려앉는다

　　혹은 터지는 것이 아니라
　　함께 가야 하는 또 하나의 나이다

　　　　　　　　　　　　　　　　　　　—「섬」부분

　　가지와 줄기는 더 어두운 곳에서 빛났다

나는 몸속에 비장한 단어들을 가득 담고서 매일 그곳
에 갔다
하나씩 튀어나온 단어들이 혓바닥 안에서 다시 삼켜져야만
맹수들의 무서운 얼굴을 만나지 않았다
비굴은 어리숙함 속에서 가시를 갖는다는 걸 처음 알았다
내 뇌는 벌써 싱싱해서
아직 알맞게 영글지 않아서
내 입속의 발칙함을 꼭꼭 닫아 버려서
성장판을 온통 바닥을 향해 열어 놓는다
보이지 않는 적을 찌르며 한 칸 한 칸 올라간다
철창 속에 갇힌 한 마리의 저항처럼
꼭대기에 올라가 앉는다
그 황홀을 들키지 않으려고 소리치지 않는다
모래바람이 가벼운 방향을 택해 날아가지 않았다면
내 스커트 안쪽에서 여자가 무럭무럭 자라고 있다는 걸
잊을 뻔했다
아무에게도 들키고 싶지 않은, 아니 들키고 싶은
솜털들이 무성해지고 있다는 것을 아는 이는 아무도 없다
어둠은 미끄러지지도 않고 단숨에 올라온다
익숙해져 가는 막말을 밀어내는데 다리와 다리 사이에서
우주의 문이 열리고 아무도 내게 알려 주지 않은
혼자서 처음 맞이하는 여자가 붉게 쏟아졌다
내가 돌아가야만 마침내 불이 켜지는 창문이 희미하게
이쪽을 바라보고 있다

이제 나는 나를 숨기고 야생을 숨기고

혼자만의 집으로 들어간다

—「정글 그리고 짐」 전문

시인의 영혼은 필연적으로 고독하다. 그러나 그것을 인식하는 순간, 시인의 정신은 그 고독한 영혼으로부터 자신의 전 존재에 대한 힘겨운 싸움을 시작하게 된다. 그것은 이 세계로부터 독립적인 주체로서의 삶에 눈뜸이며, 어떤 불행과 불안 속에서도 내면의 힘을 통해 싸울 수 있게 되었다는 말이기도 하다. 그리고 그러한 힘 역시 자신의 내면으로부터 나올 수밖에 없다. "혹은 터지는 것이 아니라/ 함께 가야 하는 또 하나의 나"라는 인식은 그러한 성찰이 낳은 결과물일 것이다.

박가경 시인의 시에서 나타나는 이러한 내면의 냉정한 자세는 어떤 면에서는 고립과 단절 혹은 세계의 무자비한 억누름 속에서 스스로 얻어 낸 결과물인 때문이다. 그러나 그렇게 자신의 내면으로부터 솟아오르는 힘은 비록 고독하지만 더 멀리 갈 수 있다는 점에서 진정한 자아에 다다르려는 시인의 행보를 가늠케 한다. "내가 돌아가야만 마침내 불이 켜지는 창문이 희미하게/ 이쪽을 바라보고 있다/ 이제 나는 나를 숨기고 야생을 숨기고/ 혼자만의 집으로 들어간다"는 것은 어쩌면 이 세계와의 불편한 합일일지도 모른다.

우리는 누구나 세계와 어긋나 있고, 그런 어긋남 위에서 존재적 가치를 획득할 수밖에 없다. 그러나 세계로부터 완전히 벗어나거나 달아날 수 없고, 나 없이도 세계는 존재한다는 사실 앞에서 세계와의 거리를 통해 일정하게 자아의 독립성을 유지하는 동시에 내면의 자유를 발견할 수밖에 없다. 박가경 시인의 시에서 자주 보이는 견딤의 미학들은 바로 그러한 시인 자신의 주체적 독립성이라는 큰 방향을 향하고 있다. 더불어 세계와의 불편한 동거를 받아들이면서도 냉정한 삶의 태도를 통해 서로를 밀어내는 것에만 몰두하기보다는 일정한 거리를 확보함으로써 자신의 존재성을 확인시켜 주고 있다는 점에서 차이를 보인다. 단절된 채로 동일화되는, 그리하여 인정함으로써 독립되려는 모습인 셈이다.

살아간다는 것 혹은 시를 쓴다는 것은 일차적으로 자신의 내면을 돌아보는 일이다. 그리고 그 속에서 존재의 물음을 듣고 응답하는 일이다. 박가경 시인의 시에는 이러한 시인의 내적 움직임이 고스란히 나타나고 있다. 쉽게 지나치는 일상 속에서 혹은 이 세계와의 다양하고 복잡한 관계 속에서 내면의 고독한 정신은 어떻게 단련되고 주체적인 자리를 찾아가는지에 대한 진정한 고백이며 싸움의 기록일 것이다.